生まれ来る季節のために

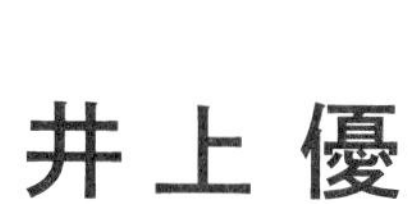

井上 優

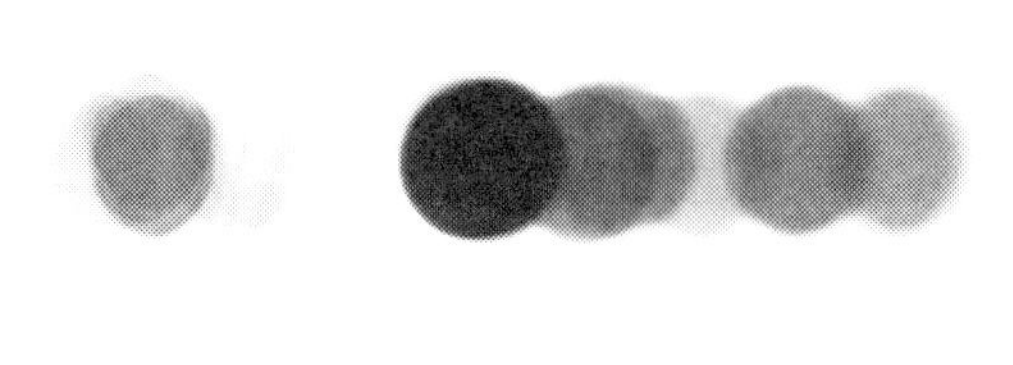

井上出版企画

序詩

宇宙（そら）から見ると　地球（テラ）は一滴の涙（ティアー）だった

水の惑星は　海の惑星

想い惑う星は
大気という海に守られ
海に慈しまれ
主（キリスト）の胎内にある

宇宙から見ると　地球（テラ）は一滴の涙（ティアー）だった

目次

第一部

浅い呼吸は　プネウマを求める

生・性・聖は清の中で弁証法的運動を内在し、濁を抱き
それぞれの段階で生命を得て、それを高めようと欲する

＊プネウマ＝気風、風、大いなるものの息。ギリシャ哲学
で人間の生命の原理。キリスト教での聖霊。

ナチュラルエチュード（K・Nに捧げる）

君の部屋の
野鳥図鑑のさえずり
ゆっくりと
地球儀になぞる指先は
渡り鳥の軌跡

地中海の
オリーブオイルが沁み込んだ
聖書は銀の重み
君はちょっと引きずる左足

僕は不自由な舌
ふたり歩むことで
とても自然に
季節の草花を覚えていった
もちろん
花の名前ではなくて

瞳に映る世界は
林檎の香りもして
僕はいつも　とまどってばかり
ふたり　いつしか
深い森のなかを歩んでいる

ブナの木に耳を寄せると
サワサワ幹に　水を吸い上げる音

（だれの足跡もない　）
（僕らの足跡が前方に）
（微かに残っている　）

幾万年も　陽を浴び
純水を守り育ててきた森
太陽を体に沁み込ませる
　血液として
葉を繁らせ　積もらせる
　生まれくる木々
地層にまで根を張った　きのこが

発散する過去

血の匂いがする
星も見えないほど
葉を繁らせて

何を探しているのだろう
大切なものって何だろう
人は何を食べて生きるのだろう
何処へ行けばいいのだろう
メフィストの魔女の小鬼が笑う

森の地図を持たない君は
地下水脈を　風として聴き
風の言葉の絵を描く
森の光が道になる
僕の胸のなかでさえ

気づかぬうちに
ポンチョを着た君は
果実である薔薇

ロルカの詩集を　僕に贈り
「ムーチャス　グラシアス」と
黄金色(こがねいろ)に笑う

そして
自分の部屋を包装して
リボンを掛ける
贈り物って　抱きしめる

あの頃のように　また
ふたりの歩幅で
見つけられないかな?
こんどは　ふたりで歩ける
地上での道路（みち）ってやつを

こんや　教会学校の窓辺で

僕は深い　森を
生まれ来る季節のために
読み聞かせるつもりだよ

僕の働く
病院の中庭
老恍惚の人々が吹く　石鹸水
シャボン玉は
イースターの祝祭の卵
割れながら　記憶を宇宙（そら）に還す

やがて僕達も

それぞれに

慈しみの密儀の森の中で

I

ケルトの日輪の十字架
深い森に分け入ると
太古からの祈りの残響が
大気に濃密に残り
肌を湿らせる
森はまだ厳格な魔術を解いていない

ふと

淡い光に気づくと
泉がある

葡萄酒の血潮が涙を流す
森に海が煙(けぶ)り
生命(いのち)が宿っている

密儀は
始源からの声を
覚醒した眠りの意識で伝え

（羊水のなか　　　　　　　）
（原初からの　　　　　　　）
（メタモルフォーゼスを　　）
（重ねる胎児　　　　　　　）
（あるべき姿に立ち返るために）

海はいつも記憶を重ねてゆく
波打ち際の
　心拍
三十億年もの間
月に愛撫されつづけた海が
まだ豊饒を意志している
人が　海を脱ぎ捨てても

心拍

雪の静けさで　刻まれる心音
人が森の中に海を見出す　時

葡萄酒の血潮が涙を流す
森に海が煙(けぶ)り
感覚の胸に
生命(いのち)が宿り始める

Ⅱ

君が眠るのは　ビタミン入りの汚染された海
マーブルのオレンジ色が淡く発光する

表層の闇を遠ざけるために
太陽を身体(からだ)に　潤沢に滴らせよ
白い肌のままに

内蔵が　甘く薫る
夜が来たとき　裂けた目から
屠られた子羊見せる　なめらかな肉襞(にくひだ)
ふるえ痺れた肉体は　内に潜む自然を手探りする

極寒にも耐え抜いた　木々のそよぎ
身をまかせてしまうと
木漏れ日のもと　けもの道ばかり
ここでは人もけもの

遺伝子　人ゲノム　ＥＳ細胞　テロメア
人はもう『生命（いのち）の樹』に　手が届こうとしている

森の根に潜む　アルカロイドが　君の心を静めたら
草原の風に吹かれ　せせらぐ瞳

血を滲ませ舞踏しよう
なめらかな旋律のために
血の匂いが甘く芳(かお)ったら
肌の匂いは蘇る

Ⅲ

罪なき実りの葡萄酒は　血潮
人類のために流され
えぐり裂かれた心臓

時代と地理を貫いて
贖(あがな)いの血は　水の波紋として
人類を満たしている　のに・・・

いつくしみへの器は
慈しみへの信頼から

灼熱のマグマを湧出させつつ
たおやかな波長で　思惟（しい）を重ねてきた海

心はささめきを内深く抱きしめ
祈りは　明るい痛みを　魂から滲ませる
鋭い悲鳴は　罪を知る者から発せられ

(光・ひかり・光)
粒子たちが身体をつらぬき
(光・ひかり・光)
波が心まで映し出してしまう

祈りが　光を呼吸する
懺悔は静かに

ふいに意識が　遠い日に目覚めると
肉体が太古からの薫りを発する
生き抜く血の記憶を踏みしめ
血がたゆたえる交響

森は『火の洗礼』を充全に与えようと欲し
　潤沢に刻まれる心音
人が森の中に海を見出す　時

　いつくしみへの信頼
満ちてゆく壺　蜜の光

葡萄酒の血潮が涙を流す
森に海が充ち溢れ
生命（いのち）が宿る

地球（テラ）は賛歌のための必要な痛みだろうか？
終末の時の前に
慈しみの時
『タリタ　クム』

『タリタ　クム』……『少女よ、起きなさい。』
イエス・キリストがガリラヤで十二歳の少女を死の床から蘇生させた逸話より。
マルコによる福音書　5：22-24　35-43

季節への手紙

季節ごとに語彙の変わる辞書を僕は持つ
潤んだ十一月の手のひらに
清冽な気層から
熱い水晶体の微細な砕片は凝集し
結ばれてゆく
　胸の内に
　　微かな声を感じとる

静寂に気づかされ
秘めやかに咲き始める　君の胸

宇宙に遍在する（言葉）を感触し
小さな呼吸へと解放される　吐息
僕の胸が　柔らかな融点で融けてゆく

夜が熟してゆくとき
朝の陽の光を
世界にめぐらせあうために
薫りだす木々の葉脈

海が熱く頬をつたい
視覚は表層から深まりゆき
瞳は部屋に薫りだす

僕達の血液は
陽の光を噛み砕いて
出来ているはずなのに・・・

ふいに　手はふれあう

眼差し
碧(あお)い金属が芯核(ハート)から色彩を増して熔けてゆく
君の手のひらのなかで

果実を探る手の　やわらかさは
陽射しから編まれている
導かれて　唇はふれあう?

君の旋律が僕を奏で
僕の旋律は　海の中の陽光
君を奏でる

静止する光のやわらかな匂い
やがて残像を残す　輝線の豊かさ

ふたりの存在の　うるんだ時空
微かなゆらぎ自体が結晶を始める

碧い金属が　彩度を秘め
サラサラと頬をつたう

宇宙（そら）の波打ち際で

血の光を持つ
生まれたての人類の　季節のために

エトルリアの響き

淡い柔らかな　古代絵画に装飾された
エトルリアの貴族の石室で
碧い宝石　の秘密について話そう
その輝きの起源を

暗闇の中の仄(ほの)かな光
感触する永遠の定理

光は　原初の灼熱と高圧で結晶する

宝石とは滴る雫
【輝ける精神の光】へと　回帰するための表象

豊かな大地の実りの麦を
エメラルドグリーンの地中海へと豪華に還元させて
僕らは夢想と愛だけを紡ごう
地中海の覇権などに興味はないから

沈黙のない街角　音楽に満ちた都市
アウロス・ティバエ・リトゥウス
ルクモの養う芸術家(アルティフィクス)は
祭儀のための優雅な踊り子

使いの船を広く走らせよう　ギリシャへ／ラットへ／ポンペイへ
ギリシャ人と共に壷を造り　神殿を建て
地中海の泡へと　実りを豪華に還流するために
古代の空を映す　青く光れる帆を張って

輝ける12都市国家の栄華　夫婦は寄り添い
神々と共に逸楽の宴につき　神々と共に悲嘆にくれる

【死から生み出される　生命（いのち）　地上では】

彩やかなネクロポリス
10世紀という　自らの寿命を知る民族

ああ　永遠のローマの喧騒と
形而下を握り締める　がさつで逞しい　右腕

聖霊の手に護られながら
民族が激烈な融点で　融けゆくとき
精神の光は受け継がれる
新たな甦りの朝を求めて

過去からの光が　苛烈の灼熱を癒すために
微睡(まどろ)みながら熟してゆくとき

涙の純度は高まりゆく
やがて一つの雫を産み落とす

地下鉄道（アンダーグラウンド）

レンガの空に浸蝕された　黄金の焔（ほのお）の息吹き
実り薄き土地によって質実に唇は引き締められ
ソレイユは煌（きらめ）く純粋を　蜜を受けとめる舌先に投げかける

無意識下まで掘り進められた　共時性器官
　細胞は二重螺旋に眠り
太陽へと繋がる　ダ・ヴィンチの螺旋天体儀

音もなくすまし顔で発車してゆく列車で

まだ幼い青い海の見える地方は　齎(もたら)されるだろうか
瞳に宿る　輝石の成長力を秘めて

5分ごとに列車がくることに
多くの人は気づかない

雑踏は静かだ

天上の果実に神経をはりめぐらせて
潤される眼球

時代の息を吸い　息吹を与える
精神の地層を織り成す瞳たち
人類の潜在意識に原初の言葉を一滴落とす

誘(いざな)う軌道
歴史が潜在させ続けてきた瞳たちは
未だ暗き世界の中で・・・
純粋な連鎖を繰り返す
密やかな囁きの精度を高めて

構築された碧(あお)き自我の映す
整然とした　細密に揺らめく光

西欧の陰翳は
ダ・ヴィンチが右手に持つ　輝けるセピア色の地球儀
光の側面と
闇の側面と

果実の卵

瞳が　生まれたてのレンズだった頃
朝の陽で実ったレールに　自転車は風を孕(はら)み
空に近い　羊水の海を潜る
　心は涙を流し
美術館に降る雨が
春の麦の穂を香ばしくした

禁じられた魔術から生まれた
ビルの群れたち
原初の夜は　明るくなり

闇はまだ　人の背後にうごめいて
それは　でもそれだけでは　赦しではないはず
肺の中身が血を吹いている

僕は僕を取り戻すために
羊水の潤いを求めて
君の右腕の血流に耳を澄ませる

そして　日常という旅に出る
コットンの匂いの心を
ザックリと着こなして
デニムの歩幅で街になじむために

凍え変質してしまった心が
大気と空に溶けている　光を受け取る
神の暖炉は　徐々に結ばれる

初夏は汗と腋臭と共に
羊水を空にぶちまける
初夏の羊水が　レンズになる日
頬につかの間　海が孵る
還ってゆけるところがあるかのように

熔けゆく世界に　確かな歩みを　始めるために
隠された　本当の涙を　あなたの代わりに

流す瞳は　抱きしめる腕

罪びとが　涙の熱さを取り戻す日
今日ある確かな質量と熱量を持った涙
僕にシチューを一皿だけつくってくれないか？
そして五月の
雨の日曜日に　ビスケットが好きな犬を連れて出席する
友人の葬儀

ポスト・モダニズムの光と翳の中で

時代はいつも　叫び声をあげている
見た目に美しいものばかり
愛してはいけないと

美に　理解が必要とされているね
それが愛の初めというから
愛と美は分かち難いと　解っていながら

英国ロイアルアカデミーのエキシビジョン
「牛の死骸に　蝿がたかり　」
「プラスチックのケースに入れられている」

君の瞳の　若い明るさだけを信じよう

闇よりは光
勿論ひかり
でも大切なのは光ではなく愛
確かに
いや智慧と光のある愛に　憧れる
プネウマを求めて
十字架は　地獄の底よりも
更に深く届いていて

ムーサイ（ミューズ）に捧げる

時代は混迷
君たちは清らかに詩えるの？
清らかさが欺瞞に見える時代

高らかに詩い上げられる聖歌は
地上に無く
飢えた路地から詠われる　愛の行いだけが
天に響く聖歌

君たちに居場所があるのか
不安に思うよ　呆けた頭で

一万年の愉楽・（重力の都市）
DEAR KENJI NAKAGAMI

錆（さび）付いた宇宙船が、ドックに入航してきた。

木星への定期運行便に使われていた船体だ。

もう数十年前に現役を引退したはずの船を見られるとは、思ってもみなかった。

中学校からの帰り道に、僕はよくこの宇宙ドックに寄る。エアスクーターは時速70キロ出るように改良してある。違法だが、爽快感には代え難い。春の風をいっぱいに浴びて、僕は愉楽の中を通って来た。

このドックで、知り合いの技術者が何人かできた。エアスクーターの調子が悪いときなどは、その技術者たちが補修してくれる。時には改造を手伝ってくれたりもする。通いつめて、顔なじみなのだ。

「ようボウズ。一学期の初めのテストはどうだった？」

「物理の『時間の遅れ理論（ウラシマこうか）』だけ満点だった。」

「いまどきは中学で、アインシュタインくらいか。」

宇宙船を見上げると、チタニウムの合金の碧い錆が葉桜の新緑とダブり、印象派の点描となる。日の光が眩く差し、グラデーションを映し出す。心が空に座れてしまいそうなほどに、宇宙船は輝いている。

宇宙船の中から宇宙飛行士が現れた。よく目を凝らすと、それは老人になった『あの人』だった。

僕は遠くから、彼を見上げるだけだった。

あまたに輝く星々に磨かれ、身を削り、星々の放つ放射能・宇宙線を浴び続けてきた彼。

いつの日か、宇宙線・放射能に塗れた彼の右手に肩をたたかれたいと、熱望した。

その人はシェルターを開け、タラップを降りてきた。宇宙船の中で酔って暴れた彼が、宿酔いの頭で呼びかけてくる。

「この田舎ボウズ。」

ニヤリと笑う。

瞬きと共に
星々の光を吸収してきた瞳は白濁し、太陽のように潤んだ。

第二部

メルフェンとファンタジー
詩は世の中を甘くするために

美は形象を欲する

26のクリスマス

ニューメキシコのクリスマスに招かれたことがある。
K・Nの妹がサンタフェの美術大学に通っていたのだ。
街路灯一つ無い街の家々は、茶色い紙袋に入れられた、
無数の小さなロウソク達。人々を迎え入れるように、
照らし出されていた。日々の生活のように。砂漠の冷
たい大気は清潔に肌を締め付ける。街の中心にはクリ
スマス・トゥリーもなく、ファイアーストームがあり、
汗をかき祈りのように踊る人々。

空には北アルプスの山頂でも見られない星空。バチリ
・カリン・カリン・パチリ・ジリ・ジ・キョン　赤く
乾いた大地は、星々のザワめきをそのままに地上へ届

ける。星空の巨大な交響曲（シィンフォニィー）がザワめく夜に、東方の三博士はどんな旋律を聴いて導かれたのだろう。

エリオットは青く明るい大きな星を指し、あれが六等星だと、太い指先で言った。家々のテーブルには、必ず一つ多い椅子が用意される。今夜、天から招かれるのは、どの食卓だろう。御子は今もまだ生まれたばかりなのだから。その夜僕は初めて、彼女であったK・Nと、星明りに照らされた、白く光る小さな魚を視た。これが君の求婚の印であることを、忘れてしまっていたけれど。

初夏への散歩道

梅雨が明けず、昼間陽が照らさなかったのに
夜はもう、夏の芳醇(ほうじゅん)な香りをたたえている
夏への、柔らかな、ときめきを秘めた寝息たちのために

僕は愛犬ピーチを連れて　彼女と散歩に出かける
家の前の小さな公園には
静かに引き潮となる春の夢
草の碧い息がけぶり、虫たちのシィンフォニィーは静かに湧き上がる夏

メルフェンの湧き上がる微かな熱量が
人々の生活になめらかな表層を与える
熟れ出した少女の、柔らかな脂肪と共に
未来にむけたファンタジーは、まだ秘かに前向きに秘められている

異様に明るい信号灯の青と
まっすぐに開かれたつくりたてのアスファルトの道
海のない僕の街
ガソリンスタンドのむこう
甘い潮風と一緒に　すぐに海が開ける

　すれ違う少年がふと、僕が昔愛した童話を手にする

少年

（春の宵の観覧車　　　　）
（真夏の夜の夢の卵は　　）
（まだ浅い地中に埋まっている）

君の日常と
僕の日常の接点
散歩の途中で
僕らが優しく溶け合うためには
肩を抱きしめあい
互いの心を魂に浸潤させるためには
たしかに
人類が感触しつづけ　手ざわりする微熱がはたらく

眠りの甘美さは
置き忘れられたエトルリアの壺の蜜
人々の見る夢が　清浄な夜の香気に
溶け出してゆく

確かな熱量が深まり
いつか　塩のともし火となることを　祈りつつ

部屋(ROOM)　K・Nの回想

少しずつ　一年ごとに
嫌いなものが増えてゆく
私は　光の子供たちが眠る　海の底で
イルカのように　ツルリとした子供を産む

海の星が　ゆらめく水面(みなも)に口づけする
海を透過した　純潔の碧い光だけを
眩(まばゆ)く燦爛(さんらん)する光たちだけを　心は迎え
それは　記憶というヴィジョンを映さない
ＰＣモニターの映す青よりも
私に優しい

人々が形成し発散する
朽ちやすい　表層という場の
優しい流れ
そこで泳ぐには　やすらうには
潤沢(じゅんたく)な熱い涙が必要

拒絶を敷きつめると
一つの部屋ができる

郷愁

初夏への息吹が僕を襲う
浮揚した潤み　発芽した夜の大気
口の中は少し果実が実ったように
甘酸っぱい

月影が光陰を映す
樹陰の下(もと)には　花と星が安らう
僕は未だに腕時計を買えず
アインシュタインが　胸に刻印した時計は
重力を調節しながら使っている

祈りの花束
夜雨は芳しく　香ばしく
シュメールの図書館の奥
老賢者の禿頭（とくとう）に　時間を与える

遠くの木立の葉の翳りを心が感触する
まだ大地に触れられない
心がより深い　慈しみの熱を求めている

生命と生命を繋ぐ　不可思議の「希望」たち
愛の為の　厳かな　『希望』

ロートレックの翼（はね）

ハロッズの真新しい電飾が漆黒の夜空にうるみ出し
クリスマスが　ドップラー効果を秘めた静止系運動で
徐々に成熟してゆく

甘く酔わせる熱く激しい血に
やさしさの魔法をかけられ
天使が人の胸を求める

人々のまわりに
半径１～２ｍの温かな空間が与えられ始める

部屋の暖房は　白い香りを放ち
満たしてゆくものは　華やかな感情

5才のイヴの夜　トゥリーの下
天使の白い吐息は注がれ
聖夜はひとつの物語りとなる

ギリシャの輪郭を残し
静かに深まってゆく　天使のたくましい左腕

貴族の血をうけ　不具者のロートレック
車椅子からムーランルージュの華やぎを見る

娼婦の賑わいに車椅子から蹴落とされ
すえた血を流し　脇腹を抉(えぐ)られ
ストリートを転げ回り　膝を抱えて踞(うずくま)る
残される瞳

生命の辿る錯綜の密度
差し伸べられる聖霊の不可思議な手は
生活に柔らかな　白い羽を与える
思議を越えて　何処へ導くのだろう

僕はロートレックの悲しみを抱え

パブのざわめきに心奪われず　天を仰ぐ
やがて結ばれるひとつの卵を夢見て

誰もが微かな
握り締め合う
天使の腕を持つ

第三部

虚飾に満ちた　甘く浅い信仰

閉鎖系に於ける一個の生命は　死を待つのみである

『言葉』

言葉で組成された世界
浮遊する原子・分子たちを形成するための　言葉
飛び交うさまざまな電波の　内在する記号という　言葉
教会を組成する石に宿る　源初の神の　言葉
社会システムを構築している　言葉
僕らの体を繋ぎ止める遺伝子という　言葉
『光のスープ』を創った　言葉
あなたとの会話をつくった　言葉

神の最初の一撃の『言葉』

言葉には、どれほどの巨大なベクトルと密度と複雑と錯綜と質量があるのだろう
重層した総てを包摂する　感情・意志・深淵な生命
巨大な　膨大な　エナジー

「初めに言葉があった。言葉は神と共にあった。
言葉は神であった。」　（ヨハネの福音書1章1節）

「言葉」の本質に触れ　満たされたい
天上の霊域で奏でられる
人々への愛
「言葉の受肉」は　『み言葉の受肉』から

アダムの土地Ⅰ

ムーン・ストーンは
ミネラル・ウォーターよりも甘く
砂漠を歩くアダムに

歩みゆくリズムは
月の満ち欠け
胸の内が
かつての　シィンフォニィーを渇望する

太陽への舌先は　激烈に熔融してゆき

記憶の古層が　響き合う
（生体への　綾かなシンクロニシィティー）は
　〈発語・・・・以前から〉
砂漠を歩く人に
追放された　薔薇

旋律は生体を奏で始め
流砂を感触する手は、無機の原初の願いを、幽かに
デジタルで伝える、0・1・0・1・0・0・・・
　長い
光速に収約させせたい
　〈言葉〉

砂漠を歩く永遠に
薔薇の持つ記憶が賦与される

薔薇の棘を　魂の愛撫で熔かし
海の泉に辿り着くまで

アダムの土地Ⅱ　（K・Nスナップショット）

Ⅰ

心が重くたちこめると
人は
空があることも
海も忘れてしまう

スペイン領カナリア諸島
白い家の壁には
崩れかけた土が剥き出しにする碧

十字架の翳

　　血が甘く薫る

Ⅱ

五月の宵
家々の窓に　塩でできた灯りがともる

熟れゆくことを祈る果実は
キッチンにあるだろうか

よるべない吟遊の詩人は

時に碧色の羅紗(らしゃ)服を着て
夕陽から絞りとった蜜
熔けてゆく
空を染めて

　　血が甘く薫る

僕らの還る場所が
溶けてゆく海にある　教会学校なら
胸が塩気を覚えながらも　血に酔えるだろうか

アダムの土地Ⅲ

純金が　錆(さ)びてゆく
静謐の微かな波紋

時が磨いたルビーに　芽生えた
若い襞(ひだ)に　君がそっと口づけする

眼差しは虚空の纔(わず)かな歪みを捉え
潤んでゆく熱い胸
胸のふるえと共に　感覚を滑り込ませる

一枚の羽のやすらぎで

与えられた言葉
『光あれ』

見えないものを見る人が
また一人　世界に誕生する日
世界は　また一つ　痛みを感覚する

$E=mc^2$　肉体は
星々の生き死にから創られている

光速に限定された宇宙のなかで
生起する
土から取られた　僕らの肉体

土となるための　原初の星々

気づきは
君の胸であらわになる生まれたての感情
波打ち際の砂が
数粒だけ
はっきりと見える

地上に開かれ　覆われては現れる　祈り

朔太郎の『卵』より

生まれたばかりの者に与えられる
至福の密度で
久遠の音を聴く者に
郷愁は満ちゆく

暖かき卵は　聖霊の光れる息を注がれ
安らぎの吐息の中で育まれる
幾重にも重ねられる白い柔らかな手
無原罪の
天上の果実は光れり

温かき無垢なる光に直射され
突然に／冷たく
体容積は／急速に／一点に収縮する
溢れ出してしまう
サラサラと発光しながら

凍てつこうとする生命

止められるものはない
鋭い悲鳴は　罪を知る者から発せられる

やわらかな光の記憶
いつもかたわらにあり
かつてさしのべられた無数の肌と体温

魂の中心を感触する
記憶の優しさ
懺悔への

祈られた心の深奥からの熱き涙もて
深い懺悔の祈りに与えられる　硬く結ばれた魂の　熔触
甘美な熱い極光　熱く甘美な生命の極光

降りそそぐ熱き手のなかで
生命の組成は　結ばれてゆく
柔らかき不可思議の密度をもって
ひとつの静かな呼吸と共に

天使像（アイドルとは偶像）

虚空に滲み出る
世界創造の原初からの
巨大な意識のベクトルの
小さな支流たち

意識を開き見上げるときの
複雑な構造の座標軸の　構築の内在
全ての存在を潤す　煌めく感情は
流麗に多層し織り成され
意志は血流のように　一つの素粒子にまでゆき渡る
齎（もたら）される　オリーブの葉

地上の一つの成熟は
天上と不可思議な呼応をし
熱した天上の果実は神の雫（しずく）

軋ませる罪の記憶
連続する欠如　断続せる充溢（じゅういつ）

虚栄の塔　自我の塔の砂上の残骸（ざんがい）の幻を
愛おしく　胸苦しく見つめる　　セピア色の映像
遠くから　手触りし

現実の断絶
物質は精神と　ときに断絶する

青紫色のほの明かりの中
巨大な翼（はね）がいくつも　雪の静けさで
僕のベッドの周りに舞い降りる

不可思議な胸のうずき
温暖と光は全身をやわらかく満たし
僕はただ　満たされる壺
器官の消失
意識はかすかな粒子性を帯びて光を含み
外皮の内側にたたずむ

　柔らかな眼差しの意識を含み
意識の核芯（コア）に柔らかく溶けゆく

白い光を夢見て

光が僕の外皮を越え　溢れ出る日
魂の核芯（コア）から溢れ出る　白い光
【光の感情】を伝える日を夢見る

新しい手

僕らは　まだ見開かぬ瞳で世界を探る
僕に与えられた　輪郭を感覚する新しい手
粒子よりも微細なエネルギーたちの　ブラウン運動よりも精緻な乱舞…厳かな儀式
４００億光年ほどの構造の壮麗な　散逸する…精巧な黄金分割の密度
光子の一粒を魂は捉える

心臓に／ざらついた手で／触れられる／痛みにも耐え

胸を開き　僕らは決然と進まねばならない
感覚の必然とするところの感覚を持ち　感覚を開くために

春はセレモニーと不可思議な盟約を結び
膨大な拡散した熱量のアトモスフィアで迎え　圧倒する
多数の　流麗にワインディングし交錯し合う　光子たちの軌跡
粒子と波動の　相補性の揺らぎの間(はざま)で

もっと解放された感覚と　感覚の手触りする生命の認識の感覚と
認識から胸に与えられる確かな視覚と
感覚と認識と視覚の流麗な結びつきを

【灼熱の体温が欲しい】

モンドリアンの　黒の線で仕切られた原色たちの比重と
質量は光速の二乗倍のエネルギーであることを自覚し　ソフィスティケイトされてゆく　まだ若い肉体

僕は求めなければならない
浅き生命の泉のなかで
探り続ける手は　瞳を求め続ける

井上　優
「おなかをすかせたフライパン」を書いた５歳当時

おなかをすかせたフライパン

あたたかなキッチンで
フライパンは　うまれました

でもフライパンは　どこか　さみしかったのです
むねの中に　ぽっかり穴があいたようで

フライパンは　たべものを　おりょうりするために
うまれました

でもフライパンは　なぜか　しあわせではありませんでした

わきあがる　おもいは　なぜか　もっと　もっと　もっと

もっと　もっと　なにかをたべれば
むねのなかの　ぽっかりあなが　ふさがって
しあわせになれるかな？

フライパンはかんがえました

フライパンは　ちょうしょくの
めだまやきをたべてみました

おいしいぞ　もっと　もっと　もっと

つぎは　たまごをたべてみました
うまいぞ　うまいぞ　　　もっと　もっと

にわとりを　たべてしまいました
おいしいぞ　もっと　おなかがすいてきた
もっと　もっと

にわのき　もたべてしまいました
いろんなものを　たべていくうちに
フライパンは　どんどん　おおきくなっていきます

フライパンは　家もたべてしまいました
フライパンが　おおきくなるにつれて
むねのあなも　おおきくなっていきました

フライパンは　たかいビルもたべてしまいました
それでも　おなかがすいています
もっと　もっと　もっと

フライパンは　ちきゅうも　たべてしまいました
にんげんも　みんな　いなくなってしまいました

もっと　もっと　もっと

おなかをすかせたフライパンは
おそらを　どんどん　どんどん　のぼっていって
たいようを　たべようとしました

たいようは　とても　とてもあつい
ひのかたまりです

おなかをすかせたフライパンは
たいようの　ひで　とけてしまいました
たいようの　ひかりのなかで　なみだをながしながら

たいようの　ひでやかれつくしたとき
そのとき　フライパンの　むねのあなが　ふさがったのです

あぁ　なんて　しあわせなんだろう
フライパンは　なみだを　ながしました

あとがき

この詩たちはフィクションです。登場する人物は少数ですが実在しますが。文学がフィクションでありノンフィクションでないことは、誰でも知っているようで実は結構知られていません。

テレビドラマの最後に出てくるテロップが、雄弁に物語っているようです。

この詩集は『詩と思想』２０００年~０６年に掲載された詩と、今は無きミッドナイト・プレスの投稿欄に掲載された詩を基に、改稿し構成しました。ロンドン留学中の、１９９０年代の作品がメインとなっています。あれから、10年以上の月日が経ってしまいました。

海外へ目を向ければ、未だに戦争や作為的な飢餓、貧富の恐ろしい程の格差など、苦悩・苦痛は満ち溢れているかのように思われます。もちろん国内にも縮図があることは、ご承知のとおりでしょう。

しかし慌しい現実から離れ、空を見上げれば、あるいは歴史に目を開けば、至福の千年王国は確かに到来し、天国への鍵はヨハネ・パウロ2世によって顕されたのです。その大きな果実の数例を挙げれば、『ファティマの予言』の開示、聖ファウスティナによる『神の慈しみへの礼拝』、マザーテレサへの援助・列福です。

明日か、何百年先か解りませんが、終末の時は確かにやって来るようです。今はその前の慈しみの時です。そして僕、放蕩息子といえば呑気に、売れない詩など謳っているわけです。まあ、それしか出来ないからですが。

『苦痛よ、汝悪しき者にあらず』

ですが未熟な信仰が、このような詩を書くことに、ためらいと恐れも感じます。本当に『主への信頼』に向かっているでしょうか？

『小鳥よ、世界を賛美せよ』　慈しみの時に、あわれみと慈しみを受け、この小さく未熟な詩集が「ささやかな小鳥のさえずり」であることを祈ります。

ガブリエル・フランチェスコ・井上　優

新装版あとがき

詩集の構想とメインとなる詩群が出来てから二十年以上が経ち、初版の詩集が出版されてから九年の歳月が流れました。

第一詩集である『生まれ来る季節のために』が出版されてから、それまでの時の流れが明らかに変容したことを痛切に感じます。僕にとってのこの九年間は、まさに九年間でなく九光年だったと振り返ります。

本書を新装版として新たに出版し直すことには、三つの大きな理由がありました。一つ目は、三部作構想が出来たこと。二つ目は、初版本が売れ行き好調だったにも拘わらず重版されなかったこと。三つ目は、出版社を立ち上げた為、低コストでの出版が可能になったことです。

三部作構想とは、タイトルに「季節」を入れた詩集三冊の正・反・合のヘーゲル弁証法的展開です。ウィリアム・ブレイクの有心のうた・無心のうたに切っ掛けを頂きました。天上の詩・地上の詩・アウフヘーヴェンされた新世界の詩の三部作です。ですから本書『生まれ来る季節のために』は自分にとっての無心の天上の詩なのです。

今回、新装版は初版本にほとんど手を加えていません。五歳の時に書いた「おなかをすかせたフライパン」という絵本にエンディングを与え詩集のさいごに物語詩として収録し、装幀家の亜久津歩さんに素敵な表紙を与えて頂いた他は、大きな変更点はありません。

先に挙げさせて頂いた装幀家の亜久津歩さん、会長も務めて下さっている松島義一先生、校正を頑張ってくれた妻・真由美、生まれ来る季節である息子シオンそしてラズベリー。愛は支えです。

また初版発売後九年の年月を経て、未だに手に取って頂ける幸せを噛みしめています。

井上優　拝

S. J. House,

April 27. 2007

(St Ignatius' church, Kojimachi)

On this occasion, with the appearance of the new flowers of Spring, I would like to recommend these new flowers of Yu Inoue's poems to Japanese readers with their new appreciation of the world of Nature in relation to the supernatural world of Divine Grace.

May God bless them!

Peter Milward S.J.

ピーター・ミルワード　上智大学名誉教授

著者略歴

井上　優（いのうえ　ゆう）

1970年3月　群馬県前橋市生まれ

1996年6月　英国Byam Shaw美術大学　ファウンデーションコース卒業

2007年6月　第一詩集『生まれ来る季節のために』初版上梓

2008年3月　詩と思想新鋭詩人（推薦詩人）に選ばれる
　　　5月　日本詩人クラブ会員

2009年4月　Yahooネットショッピング詩集部門1位になる
　　　6月　千葉経済短期大学・図書館学の講義で『涙をあつめる天使』が使われる

2011年11月　第二詩集『厚い手のひら』上梓
2012年8月　『厚い手のひら』が　Amazon詩集部門1位になる
　　　11月　日本現代詩人会会員
2014年2月　日本児童文学者協会会員(あまんきみこ氏推薦)
2016年4月　株式会社　井上出版企画　設立

現住所　群馬県利根郡みなかみ町上牧８５５-１
e-mail　yui1_988@yahoo.co.jp

詩集　生まれ来る季節のために

著者　　井上　優

発行者　　井上　雄

発行日　二〇一六年十二月二十四日
定価　　一五〇〇円（税別）

発行所　　株式会社　井上出版企画
所在地　〒三七九‐一三一一
　　　　群馬県利根郡みなかみ町一九八‐一〇‐二‐三一
電話・FAX　〇二七八‐二五‐八三六七
郵便振替口座　〇〇一三〇‐二‐二九二三一三

印刷・製本　銀河書籍
ブックデザイン　亜久津歩

ISBN　978-4-908907-00-5　C0092　¥1500E